RUTH PAUL

STOMP!
¡A MARCHAR!

SCHOLASTIC INC.

STOMP through the swamp
En el pantano, MARCHAR

Over the hump **JUMP**

Sobre los carapachos, **SALTAR**

In the jungle **ROAR!**

En la jungla, **¡RUGIR!**

Swish your tails and **THUMP**

A mover los rabos y **GOLPEAR**

SQUISH-SQUASH
the berries

Las bayas,
MACHACAR

Rock to rock **HOP**

De piedra en piedra, **BRINCAR**

Uh-oh, dinosaurs . . .
everybody

STOP!

Ay, dinosaurios...
todos

¡A PARAR!

Dinosaurs, **TURN AROUND**...

Dinosaurios, **MEDIA VUELTA**...

FLOAT across the water

En el agua, FLOTAR

Under creepers **CRAWL**

Por las enredaderas, **GATEAR**

SWING from branch to branch

De rama en rama, **MECERSE**

Roly-poly **FALL**

De lo alto, **CAERSE**

SQUEEZE between the tree trunks

Entre los árboles, METERSE

Hold your breath . . . and **LEAP!**

Tomen aire y... **¡A SALTAR!**

Uh-oh, dinosaurs . . .

Ay, dinosaurios...

shhh . . .
baby's
gone to
SLEEP

silencio...
el bebé
va a
DESCANSAR

Originally published in 2011 by Scholastic New Zealand Limited as *Stomp!*

Translated by J.P. Lombana

ISBN 978-0-545-52795-8

12 11 10 9 8 7 6 5 4 3   13 14 15 16 17 18/0

Printed in the U.S.A.   40
First bilingual printing, January 2013

Illustrations created in pencil and Photoshop
Designer: Vida Kelly with Ruth Paul
Typeset in Bembo Schoolbook and Pink Sans